L'île du monstril

Yvan Pommaux

L'île du monstril

Illustrations de l'auteur

Mouche

l'école des loisirs

11, rue de Sèvres, Paris 6e

Mise en couleurs : Nicole Pommaux

Première édition dans la collection Mouche : mars 2003
© 2000, l'école des loisirs
Loi n° 49.956 du 16 juillet 1949 sur les publications
destinées à la jeunesse : septembre 2000
Dépôt légal : septembre 2024
Imprimé en France par Aubin Imprimeur

ISBN 978-2-211-07099-7

— De nos jours, dit Poil-gris le ragondin, les enfants sont des empotés !

— Vous n'êtes qu'un vieux ronchon, dit Poil-roux, son ami.

— Des empotés, vous dis-je ! Des bons à rien !
C'est bien simple : ils ne sortent plus de chez eux !

— Vous exagérez ! dit Poil-roux.

— J'exagère ? Alors, où sont-ils ? Montrez-les
moi ! Pourquoi ne viennent-ils plus construire
des cabanes ou des radeaux comme autrefois ?

— Voyez, en voici deux !

— Ils ont l'air niais ! dit Poil-gris.

— Moi, je les trouve très sympathiques, dit
Poil-roux.

— Un sot et une mijaurée ! dit Poil-gris, tenez :
je vous parie qu'ils ne grimperont pas dans la
barque amarrée tout près d'eux !

(illustration: deux enfants dans une barque, bulles de dialogue : « Tu viens, Léon ? », « J'hésite, Elvire ! », « Allez, viens ! »)

— Pari perdu ! dit Poil-roux, ils sont dans la barque !

— Quel exploit ! se moque Poil-gris, puis il ajoute : je me demande ce qu'ils feraient si la barque se détachait, s'en allait au fil de l'eau…

— Pas de danger, la corde est solide, dit Poil-roux, mais, horrifié, il s'écrie : Poil-gris, que faites-vous ?

— Je coupe la corde ! Tchac ! Ah ! Ah ! J'ai encore de bonnes dents !

— Vous êtes fou ! dit Poil-roux, ces enfants n'ont jamais navigué, peut-être ne savent-ils pas nager ! Ils sont déjà au milieu du fleuve… Plongeons et suivons-les !

— N'en faites pas un drame, dit Poil-gris, ils vont tranquillement s'échouer sur une plage et puis voilà…

— Et le pont ? dit Poil-roux, avez-vous pensé aux terribles remous du fleuve sous le pont ?

— Ils sont passés, dit Poil-roux, la barque a résisté !

— Ils sont trempés ! dit Poil-gris.

— Par votre faute ! dit Poil-roux.

— Ne m'accablez pas, dit Poil-gris, je regrette d'avoir coupé cette corde…

— Ils se dirigent tout droit sur l'Île du Monstril, dit Poil-roux, doublons-les, et cherchons à
terre de quoi les aider.

— Vous avez raison, dit Poil-gris, le fleuve
charrie tant de choses…

Je suis trempée! J'ai froid!

Il faut faire un feu, Elvire, et construire un abri, sinon nous mourrons!

Douce, ma Douce, qu'allons-nous devenir?

— Qu'avez-vous trouvé, Poil-roux?

— Un livre, un livre fort intéressant : on y voit comment les hommes préhistoriques s'y prenaient pour faire du feu.

— Les enfants le verront-ils? s'inquiète Poil-gris.

— Appelons Douce, la peluche d'Elvire, dit Poil-roux. Pssst! Pssst! Douce…

16

— Me voilà, dit Douce.

— Douce, dit Poil-roux, je vous présente Poil-gris.

— Ne perdons pas de temps, la situation est grave. Pourriez-vous, ma chère Douce, vous arranger pour que l'un de ces enfants remarque et lise la page seize de ce livre?

— Comptez sur moi! dit Douce.

Ramassons du bois mort, Elvire!

À quoi bon, Léon? Nous n'avons rien pour allumer un feu!

Tu lis, Elvire?

Ramasse encore du bois, Léon, veux-tu...

— Poil-roux, dit Poil-gris, je sens mes rhu-
matismes, il va pleuvoir !

— Vite, coupons des branches ! dit Poil-roux.

— Rassemblons cordes et ficelles ! dit Poil-gris.

Au travail, Elvire !

Au boulot, Léon !

— Ils n'utilisent pas les branches que nous avons coupées, dit Poil-gris dépité.

— Trop courtes, dit Poil-roux, mais il ajoute : ces enfants se débrouillent très bien sans nous. Admettez, Poil-gris, qu'ils sont tout aussi malins et débrouillards que ceux d'autrefois !

— Mmoui, peut-être… ronchonne Poil-gris, donnons-leur quand même cet hameçon !

— Pssst ! Douce…, chuchote Poil-roux.

— Me voilà, dit Douce.

— Un hameçon ! dit le ragondin.

— Donnez, dit Douce.

— Courageuse Elvire! dit Poil-gris, elle tue le poisson!

— Ingénieux Léon! dit Poil-roux, il le fait cuire!

— Ils ont le ventre plein ! dit Poil-gris.

— Premières gouttes de pluie… dit Poil-roux.

Dites-moi, Poil-gris, savez-vous pourquoi cet endroit s'appelle Île du Monstril?

— Ma foi, non, Poil-roux!

— Retournez-vous, et vous comprendrez!

— Saperlotte! Un monstril! Il a senti de la chair fraîche!

ONGR !

— Ouf ! Il s'en va ! dit Poil-gris, la pluie qui tombe à verse a gâté son odorat.

— En effet, dit Poil-roux, sans cette ondée, il dévorait nos protégés…

Il faut à tout prix que les chers petits s'enfuient dès l'aube !

— Comment les prévenir ? demande Poil-gris.

— Appelons à nouveau Douce, dit Poil-roux.

— Pssst ! Douce !

— Me voilà, dit Douce.

— Figurez-vous, dit Poil-roux, que cette île est l'antre d'un monstril. Sous l'averse, il ne peut rien, mais au matin, s'il fait beau…

— Fiez-vous à moi, dit Douce, quand Elvire est endormie, je parviens à lui parler dans ses rêves.

Elvire, Elvire, il faut partir…

— Entendez-vous, Poil-roux ? Le monstril !

— Je l'entends, Poil-gris, je l'entends, et je ne
sais que faire…

Léon! Léon! Il faut partir!

Mmm?

D'accord, Elvire!

Prends ce morceau de bois!

Pourquoi, Léon?

— Magistrale manœuvre du jeune Léon, Poil-roux !

— Je ne vous le fais pas dire, Poil-gris !

VRÔÔÔÔÔÔÔÔMM

TUI-TUI-TUI-TUI
TUI-TUI-TUI-TUI...

PIMPON-PIMPON-
PIMPON-PIMPON-PÎMP

Sauvés, Elvire!

Bravo, Léon!

J'aperçois tes parents et les miens, Léon...

Notre aventure finit là, Elvire.

37

– Direz-vous encore, mon cher Poil-gris, que de nos jours les enfants sont des empotés ? Que Léon est un sot, Elvire une mijaurée ?

– Mon cher Poil-roux, j'avais tort, je le reconnais volontiers.

Du même auteur à *l'école des loisirs*

Collection MOUCHE

Le voyage de Corbelle et Corbillo
La marque bleue

Collection NEUF

Avant la télé
Thésée, comment naissent les légendes
Troie, la guerre toujours recommencée
Orphée et la morsure du serpent
Œdipe, l'enfant trouvé
Ulysse aux mille ruses
Les enquêtes de Théo Toutou

Collection MÉDIUM

Rue Marivaux
Passe à Beau !

ALBUMS

Angelot du lac
Corbelle et Corbillo − Cinq farces, six rêves et un voyage
Casse-Tout
La fugue
Le Grand Sommeil
John Chatterton, détective
Libérez Lili !
Lilas
Lulu a disparu
La marque bleue
Une nuit… un chat
Panique au cirque
La peur du Louvre
La pie voleuse
Le théâtre de Corbelle et Corbillo
Tout est calme !